PIERRE L'ÉBOURIFFÉ

JOYEUSES HISTOIRES ET
IMAGES DRÔLATIQUES

Pour les enfants de 3 à 6 ans

TRADUIT DE L'ALLEMAND DU DOCTEUR HOFFMANN

440e édition

TRIM

HACHETTE & Cie
LIBRAIRES
79 Rue Pierre Sarrazin

En couleur .... 3 fr.

PIERRE L'ÉBOURIFFÉ
JOYEUSES HISTOIRES
ET
IMAGES DROLATIQUES

On donne aux enfants qui sont sages
De beaux joujoux et des images.
Quand ils ne font pas trop de bruit
Le jour, et dorment bien la nuit,
Qu'ils mangent tout sur leur assiette
Sans rien verser sur leur serviette,
Qu'ils se promènent gentiment
Tenant la main de leur maman,
On leur donne à ces enfants sages
Un superbe livre d'images.

1860

©

Regardez un peu, le voici :
Pierre l'Ébouriffé ! Fi ! fi !
Quand on veut lui peigner la tête
Le sale dit : Non ! et s'entête
A ne pas se laisser tailler
Les ongles, un an tout entier.
Oh ! vilain Pierre, oh ! sale Pierre !
Il devrait se cacher sous terre !

C'était un bien méchant garçon
Que Frédéric, un polisson !
Le brigand, de ses mains cruelles,
Aux mouches arrachait les ailes,
Cassait les chaises en morceaux,
Tuait les chats et les oiseaux ;
Puis, avec son fouet ou sa canne,
Battait sa bonne Marianne.

Un jour, à la fontaine, un chien
Buvait et ne pensait à rien.
Le méchant Frédéric se cache,
Et puis vient avec sa cravache
Frapper le chien. Le chien d'abord
Aboie ; il frappe encor plus fort.
Alors le chien, tout en furie,
Le mord jusqu'au sang. L'enfant crie,
Et le chien s'enfuit lestement
Avec le fouet du garnement.

On mit au lit le pauvre diable.
Sa souffrance était incroyable,
Et le médecin ordonnait
Des remèdes qu'on lui donnait.

Et, pendant ce temps, à la place
De Frédéric le chien se place,
Mange le dîner du vaurien
Avec un appétit de chien;
Et, pour manger plus à son aise,
Il a mis le fouet sur sa chaise.

DE

LA BOITE D'ALLUMETTES

Pauline était seule au logis :
Ses père et mère étaient sortis.
Tandis qu'en la chambre elle saute,
Se trémousse et chante à voix haute,
Une agréable boîte à feu
Apparaît devant son œil bleu.
Ah ! cette boîte, qu'elle est belle !
Je vais bien m'amuser, dit-elle ;
J'allumerai des petits bois,
Comme maman fait quelquefois.

Et les chats Minz et Tristapatte
La menacent avec leur patte,
Et disent, le doigt étendu :
Ton père te l'a défendu !
Miau ! jette cela par terre,
Ou tu vas brûler tout entière.

Mais Pauline n'écoute rien.
Le bois s'allume bel et bien
Et fait un très-bel éclairage,
Comme c'est marqué sur l'image.
Et Pauline joyeusement
Saute et court dans l'appartement.

Mais les chats Minz et Tristapatte
La menacent avec leur patte,
Et disent, le doigt étendu :
Ta mère te l'a défendu !
Miau ! jette cela par terre,
Ou tu vas brûler tout entière.

O malheur ! voilà que la flamme
Prend à la robe : tout s'enflamme.
Les mains, les cheveux, tout flambait ;
L'enfant tout entière brûlait !

En voyant ces choses horribles
Les chats poussent des cris terribles :
Au secours ! pour l'amour de Dieu !
La malheureuse ! elle est en feu.
Miau ! miau ! hommes et femmes,
Au secours ! l'enfant est en flammes !

Et bientôt son corps tout entier
Est brûlé comme du papier.
Et de Pauline, ô sort funeste !
Deux souliers, voilà ce qui reste.

Et près des cendres de l'enfant
Les chats s'asseyent en pleurant,
Avec un crêpe par derrière !
Miau ! les pauvres père et mère !
Et des ruisseaux de pleurs coulaient
De leurs gros yeux qu'ils s'essuyaient.

Un nègre plus noir qu'un corbeau
Se promenait par un temps beau.
Il avait ouvert son ombrelle,
Car la chaleur était mortelle.
Louis accourt sur son chemin
Avec son drapeau dans la main.
Au pas de course arrive ensuite
Gaspard et sa galette cuite;
Wilhem, son cerceau sous le bras;
Et tous trois riant aux éclats
Du pauvre Noir qui va là-bas.

Mais le grand Lustucru s'avance
Avec son encrier immense.
« Enfants, ne soyez pas mauvais,
Dit-il, laissez ce nègre en paix !
Est-ce qu'il en peut quelque chose,
S'il est noir au lieu d'être rose? »
Mais ces gamins, l'auriez-vous cru?
Rirent au nez de Lustucru,
Se moquant encor davantage
Du pauvre nègre au noir visage.

Alors Lustucru se fâcha,
Et, comme vous le voyez là,
Il vous empoigne la marmaille
Par les bras, les cheveux, la taille :

Wilhem et Louis avec lui,
Gaspard qui se débat aussi,
Et les plonge dans l'encre grasse.
Gaspard avait beau crier : Grâce!
Tous les trois avaient beau crier;
Il les trempe dans l'encrier.

A présent, voyez sur l'image !
Ils sont plus noirs que du cirage.
Voyez ! le nègre va devant,
Les enfants tout noirs le suivant.
Et les voilà devenus pire
Que le noir qui les faisait rire.

L'HISTOIRE DU FAMEUX CHASSEUR

Le fier chasseur met sa jaquette,
Son habit vert et sa casquette,
Prend son fusil, et sur-le-champ
S'en va chasser à travers champs.

Il a sur son nez jusqu'aux lèvres
Des lunettes pour voir les lièvres.

Mais le lièvre se moque bien
Du fier chasseur qui ne voit rien.

Le soleil cuit, le fusil pèse ;
Le chasseur est mal à son aise,
Il s'étend sur le gazon vert.
Mais notre lièvre a l'œil ouvert,
Et, quand il entend ronfler l'homme,
Tout doucement pendant son somme
Il prend le fusil du chasseur
Et ses lunettes, le farceur !

Alors sans tambour ni trompettes,
Il met sur son nez les lunettes,
Et puis vise avec le fusil.
Le chasseur a peur : tout saisi,
Il se sauve, bride abattue,
Et crie : Au secours, on me tue!

Le fier chasseur, de bond en bond,
Arrive au bord d'un puits profond,
Et, fou de peur, s'y précipite.
Le lièvre tire encor plus vite.

A la fenêtre se tenait
La femme de l'homme, et buvait
Du bon café dans une tasse.
Hélas! le lièvre la lui casse.
Cependant près du puits était
Le fils du lièvre qui broutait
Et batifolait sur la mousse.
Au nez le café l'éclabousse.
Il dit : Qui me brûle? et dans l'air
Il attrape au vol la cuiller.

SUCEUR DE POUCES

Je sors, Conrad, mon cher ami,
Dit la maman, toi, reste ici,
Et, jusqu'à mon retour, sois sage,
Ainsi qu'on doit l'être à ton âge;
Et ton pouce, Conrad, surtout,
N'en suce plus jamais le bout!
Car le tailleur, sans qu'on l'invite,
Avec ses ciseaux viendrait vite
Couper tes pouces, lés tailler
Comme si c'était du papier.

La maman part, et woup! et wouche!
Le pouce est déjà dans la bouche,

Mais la porte s'ouvre ! ô malheur !
Et dans la chambre le tailleur
Entre en courant, se jette aux trousses
De l'enfant qui tette ses pouces ;
Et clip ! et clap ! en deux morceaux
Il les coupe avec ses ciseaux,
Avec ses grands ciseaux terribles !
L'enfant pousse des cris horribles.

Et lorsque la maman rentra,
Quelle figure avait Conrad !
Il gémit, il sanglote, il glousse ;
Ses deux mains n'avaient plus de pouce !

HISTOIRE DE LA SOUPE DE GASPARD

Gaspard était tout frais, tout beau,
Tout gros, tout rond comme un tonneau,
Et sa force était remarquable :
Il mangeait bien sa soupe à table.
Mais un beau jour il s'écria :
Je ne veux plus de soupe, na !
Non ! non ! je ne veux plus de soupe !
Et la laisse dans sa soucoupe.

Le jour suivant, voyez-le là !
Comme il était maigre déjà !
Il laisse encor dans sa soucoupe
La soupe, et dit : Non, plus de soupe !
Quelqu'un d'autre la mangera ;
Je ne veux plus de soupe, na !

Le jour suivant, maigreur complète !
Il était comme une allumette ;
Pourtant lorsque la soupe entra
De nouveau Gaspard s'écria :
Je ne veux plus de soupe, na !
Nou ! non ! je ne veux plus de soupe !
Et la laisse dans sa soucoupe.

Le jour suivant, voyez encor !
On l'aurait cassé sans effort,
C'était un fil ! plaignez son sort !
Le jour suivant, il était mort.

Ah çà! Philippe va, j'espère,
Rester tranquille, dit le père,
D'un ton sévère et menaçant,
Au petit garçon remuant.
La mère, sans ouvrir la bouche,
Regardait tout d'un air farouche.
Mais Philippe n'écoutait pas
Ce que lui disait son papa.
Il se balance, il se ballotte,
Il gigotte, et des pieds tricote
Sur sa chaise, sans s'arrêter.
« Philippe tu vas m'irriter ! »

Chers enfants, en haut de la page
Regardez, voyez sur l'image
Ce qu'à Philippe il arriva :
Tant et si bien se balança
Qu'en arrière tomba sa chaise.
Il est en l'air mal à son aise,
Se tient à la nappe en criant.
C'est inutile : en un instant,
Tout le couvert tombe par terre.
Le père ne sait plus que faire.
La maman toujours sans parler
Regarde les plats s'en aller.

La nappe glisse de la table
Et tombe sur l'enfant coupable,
Et tout le dîner du papa
Roule par terre, et, patata !
Soupe et viande en une minute
Sur le plancher font la culbute.
La soupière est cassée en deux,
Et les parents tout furieux
Se lèvent rouges de colère.
Plus rien à manger : tout par terre !

L'HISTOIRE DE JEAN LE NEZ-EN-L'AIR

Lorsque Jean allait à l'école,
Il regardait l'oiseau qui vole,
Et les nuages et le toit,
Toujours en l'air, jamais tout droit
Devant lui comme tout le monde;
Et chacun disait à la ronde,
En le voyant marcher : « Mon cher !
Regardez Jean le Nez-en-l'Air ! »

Un jour en courant un chien passe,
Et Jean regardait dans l'espace,
    Tout fixement;
Et personne là justement
Pour crier : « Jean ! le chien ! prends garde !
Le voilà près de toi, regarde ! »
Paf ! petit Jean est culbuté,
Et le chien, lui, tombe à côté.

Un jour au bord d'une rivière
Il allait, tenant en arrière
Son carton, et ses yeux suivaient
Les cigognes qui voltigeaient ;
Et comme un i, droit, en silence,
Vers la rivière Jean s'avance,
Et trois poissons, fort étonnés,
Ont pour le voir levé le nez.

Encore un pas ! dans la rivière
Jean tombe, tête la première.
Les trois poissons, effarouchés,
En le voyant se sont cachés.

Deux braves gens du voisinage
Par bonheur viennent au rivage.
Avec des perches tous les deux
Tirent de l'eau le malheureux.

Il sort tout trempé! Quelle pluie!
Ah! la triste plaisanterie!
L'eau lui ruisselait des cheveux
Sur la figure et sur les yeux,
Et, tout mouillé, le pauvre diable
Grelottait; c'était pitoyable!

Les petits poissons à la fois
Nagent vers le bord tous les trois.
Ils sortent de l'eau la figure,
Riant tout haut de l'aventure
De l'imprudent petit babouin.
Et son carton, il est bien loin.

L'HISTOIRE
DE ROBERT
QUI S'EST ENVOLÉ

Quand il pleut et quand sur la terre
Le vent mugit avec colère,
Garçons et filles gentiment
Restent dans leur appartement.
Mais Robert pensait : « Non, je gage
Que c'est magnifique, un orage ! »
Et dehors, parapluie en main,
S'en va patauger le gamin.

Hui ! le vent souffle avec la pluie,
Si fort, si fort, que l'arbre plie.
Voyez, le parapluie est pris
Par le vent, et, malgré ses cris,
Le vent emporte dans l'espace
Robert qui monte en criant grâce,
Jusqu'aux nuages il volait,
Et son chapeau le précédait.

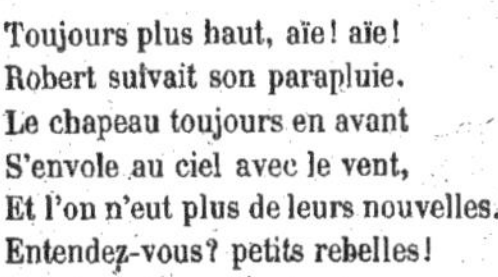

Toujours plus haut, aïe ! aïe !
Robert suivait son parapluie.
Le chapeau toujours en avant
S'envole au ciel avec le vent,
Et l'on n'eut plus de leurs nouvelles.
Entendez-vous ? petits rebelles !

Paris. — Imprimerie de J. Claye,
rue Saint-Benoit, 7.